El Libro de los Cerdos

Anthony Browne

LOS ESPECIALES DE

A la orilla del viento

FONDO DE CULTURA ECONÓMICA
MÉXICO

Primera edición en inglés: 1986
Primera edición en español: 1991
    Tercera reimpresión: 1995

Coordinador de la colección: Daniel Goldin
Traducción de Carmen Esteva

Título original: *Piggybook*
Publicado por Julia MacRae Books, Londres
ISBN 0-86203-268-7

Impreso en Colombia. Panamericana, Formas e Impresos, S.A.
Calle 65, núm. 94-72, Santafé de Bogotá, Colombia
Tiraje 5 000 ejemplares

Para Julia

El señor De la Cerda vivía con sus dos hijos, Juan y Simón,
en una casa bonita con un bonito jardín
y un bonito coche en una bonita cochera.
En la casa estaba su esposa.

"Apúrate con el desayuno, querida", le gritaba todas las mañanas antes de irse a su muy importante trabajo.

"Apúrate con el desayuno, mamá", gritaban Juan y Simón antes de irse a su importantísima escuela.

Ya que se iban, la señora De la Cerda lavaba todos los platos del desayuno...

tendía las camas...

pasaba la aspiradora por las alfombras...

y se iba a trabajar.

"Apúrate con la comida, mamá", gritaban los niños todas las tardes, cuando regresaban a casa de su importantísima escuela.

"Vieja, apúrate con la comida", gritaba el señor De la Cerda todas las tardes, cuando regresaba de su muy importante trabajo.

Tan pronto acababan de comer, la señora De la Cerda
lavaba los platos . . . lavaba la ropa . . .

 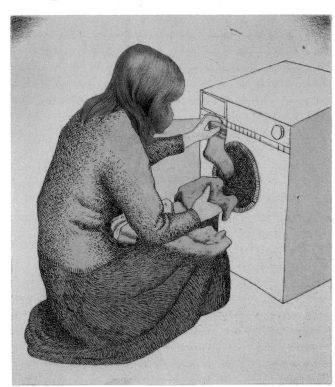

planchaba . . . y guisaba de nuevo.

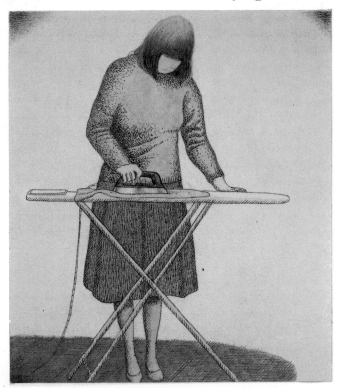 

Una tarde, cuando los muchachos regresaron a casa no hubo nadie que los recibiera.

"¿Dónde está mamá?", preguntó el señor De la Cerda cuando regresó a casa.

No la encontraron por ninguna parte.
Sobre la mesa encontraron un sobre.
El señor De la Cerda lo abrió.
Adentro había una hoja de papel.

"Y ahora, ¿qué vamos a hacer?", dijo el señor De la Cerda.
Tuvieron que preparar su comida.
Tardaron horas y les quedó horrible.

A la mañana siguiente tuvieron que prepararse su desayuno.
Tardaron horas
y les quedó horrible.

Al día siguiente y a la noche siguiente y al otro día la señora De la Cerda tampoco estuvo en casa. El señor De la Cerda, Juan y Simón trataron de arreglárselas solos. Nunca lavaron los platos. Nunca lavaron su ropa. Muy pronto, la casa parecía un chiquero.

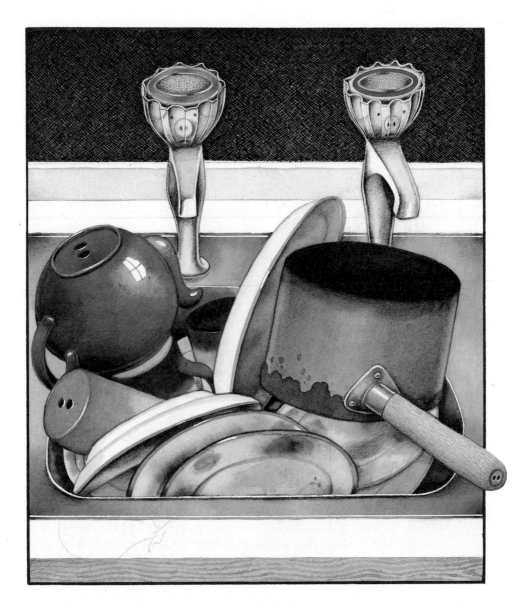

"¿Cuándo regresará mamá?", gimotearon los niños después de otra horrorosa comida.
"¿Cómo voy a saberlo?", gruñó el señor De la Cerda. Los tres se fueron haciendo más y más gruñones.

Una noche no hubo ya nada para cocinar.
"No nos queda más remedio que buscar por todas
partes algunas sobras", gruñó el señor De la Cerda.

Y en ese preciso momento entró la señora De la Cerda.

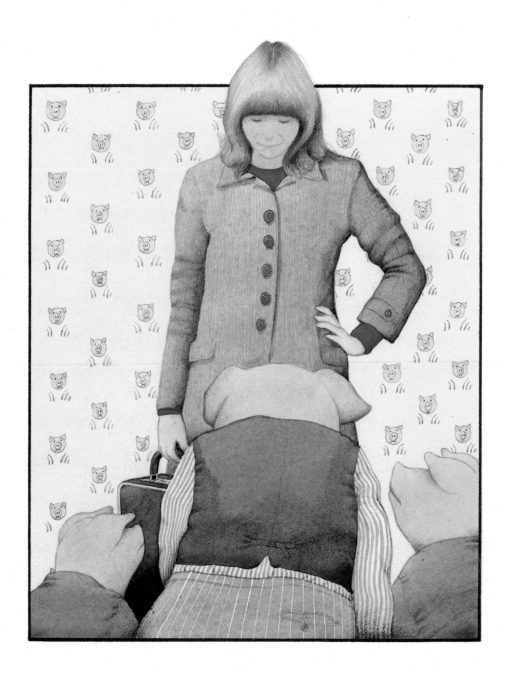

"P-O-R F-A-V-OR, regresa", gimieron todos.

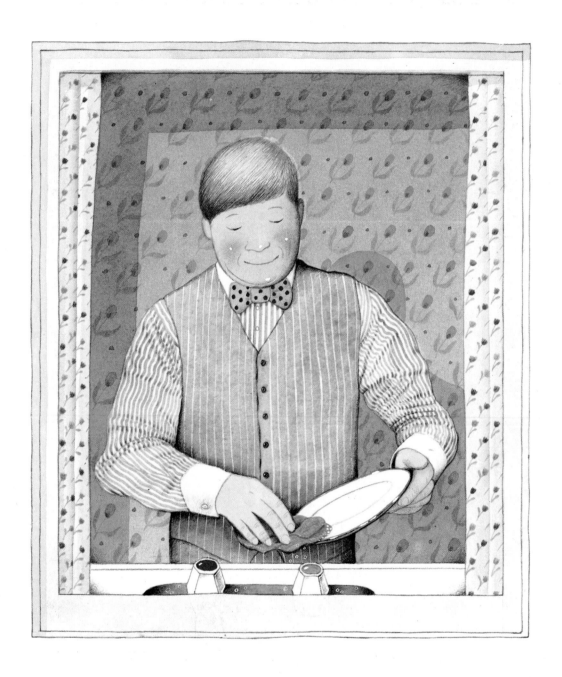

La señora De la Cerda se quedó.
Desde entonces,
el señor De la Cerda lava los platos,

Juan y Simón tienden sus camas,

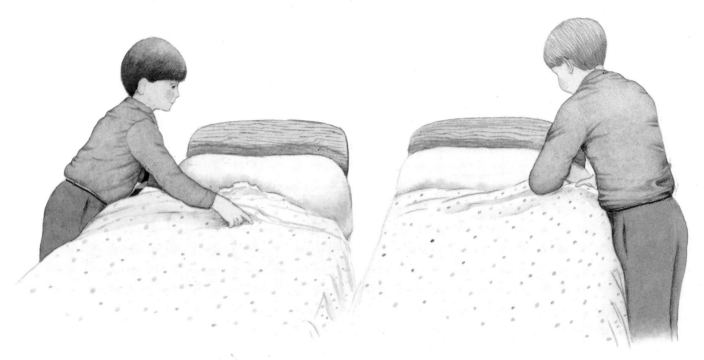

El señor De la Cerda plancha.

Todos ayudan a cocinar.
¡Hasta *se divierten*!

Mamá también está feliz…

y a veces compone el coche.